Gedichte und Gedanken

aus der Reihe
„Perlen unserer Erinnerung"

Mein
Berlin
Mitten mang und Dichte bei

Rück *Aus* *Ein*
Durch *Augen*
Blicke

Carmen Sabernak (Hrsg.)

Bibliografische Information der Deutschen Nationalbibliothek:
Die Deutsche Nationalbibliothek verzeichnet diese Publikation in der Deutschen Nationalbibliografie; detaillierte bibliografische Daten sind im Internet über dnb.d.nb.de abrufbar.

Nachdruckverbot
Das Werk, einschließlich seiner Teile, ist urheberrechtlich geschützt. Jede Verwertung ist ohne Zustimmung der Autoren unzulässig. Dies gilt insbesondere für die elektronische oder sonstige Vervielfältigung, Übersetzung, Verbreitung und öffentliche Zugänglichmachung.

Impressum
2015 © Carmen Sabernak, alle Rechte vorbehalten

Herstellung und Verlag:
Books on Demand GmbH, Norderstedt

Satz und Layout:
Nicole Mewes

Bildnachweise:
© by-studio © sonne fleckl - Fotolia.com
© Annette Ehrlich, Josephin Ehrlich

ISBN: 9783738613599

Inhalt

Mein Wunsch	6
Eintritt ins Rentnerdasein	8
Gedanken zur Geburtstagsfeier	12
Betrachtungen	14
Mein Balin	16
Der Baum	20
Vollkommen – Unvollkommen	22
Bouletten zu vakoofen	24
An die Zerstörer	26
Erkenntnis im Alter	28
Schande des Christentums	30
Leitfaden für das Leben	32
Die Todsünden	34
Gedanken zum Christentum	36
Kurze Weisheiten „Scheibchenweise"	38
Aufruf an die Bürger Teltows	44
Rentnerdasein	46
Trau nicht – Trau dich	48
Tiere – unsere Hausgenossen	50
Frühling – Dichte bei	52
Mitten mang und Dichte bei	54
Wat biste scheen	56

Vorwort

Carmen Sabernak hatte die Idee, die schönen Erinnerungen unterschiedlicher Menschen zu sammeln.

Erinnerungen, die wertvoll wie Perlen sind. Sie fragte in der Teltower AWO Gruppe nach und es fanden sich schnell Mitstreiterinnen.

Einmal im Monat trafen sie sich, tauschten Erinnerungen aus, lasen aus ihren Geschichten und verbrachten schöne gemeinsame Stunden. So wurde recht schnell der Entschluss gefasst, diese „Perlen unserer Erinnerungen" in kleinen Büchern aufzubewahren.

Die Geschichten sind so unterschiedlich, wie die Menschen, die sie erlebt haben. Gedichte wurden zum Teil schon vor einigen Jahren verfasst. Deshalb finden sich teilweise auch noch Texte in der alten Rechtschreibung. Diese wurden absichtlich nicht angepasst, denn es sind Perlen aus der betreffenden Zeit.

Wir wünschen Ihnen ebenso viel Vergnügen beim Lesen, wie wir Freude hatten, das Buch zu gestalten.

Am Ende des Buches haben wir Platz gelassen, so dass Sie ihre eigenen Geschichten oder Gedichte aufschreiben können.

Herzliche Grüße
das Autorinnenteam

Mein Wunsch

Erinnerung an jugendliche Zeiten. Ich möchte gerne mal eine Rundfahrt in Berlin machen.

Vom Alex zu meiner ehemaligen Schule. Zur Königsbergerstraße, wo Opa Gottschalck seine Werkstatt war.

Zur Weberwiese, Frankfurter Allee, zur Boxhagener Straße 18, wo ich großgeworden bin,

und zur Simon-Dach-Straße. *(Dort hat Omas Oma gewohnt. - Opa Gottschalcks Mutter , geb. und geschiedene Spangenberg)*

Anschließend nach Friedrichshain und zum Rummelsburger See.

In der Kienaststraße lag das erste Boot von Opa Gottschalck im Ruderclub
„Favorit".

Hier möchte ich zum Abschluß eine Dampferfahrt machen.

Oma

Ingeborg Kempf

Eintritt ins Rentnerdasein

Nun endlich hatte er's geschafft,
die Sachen noch zusammengerafft
und dann nach Haus, um auszuruhn,
als Rentner wollt er nichts mehr tun.

Am anderen Morgen fing's schon an,
da sprach die Frau zu ihrem Mann,
du kannst uns holen frische Schrippen,
brauchst dann die alten, zähen Dinger nicht zu stippen.
Doch er wollte jetzt nichts mehr tun,
als Rentner wollt er nur noch ruhn.

Hier liegen Tasche und auch Geld bereit,
du hast jetzt sowieso viel Zeit
und könntest mal zum Fleischer gehen,
man muß dort ohnehin lange stehen.
Ich hab im Haus hier noch zu tun.
Doch er wollt als Rentner nichts mehr tun.

Ach ja, die Ferien haben begonnen,
die Enkelkinder werden kommen.
Wir könnten doch was unternehmen,
vielleicht mal in den Tierpark gehen.
Oh weh, da könne er nicht ruhn,
er wollte doch als Rentner nichts mehr tun.

Ach Mann, wir könnten zeitlich es uns jetzt leisten,
zu machen eine große Auslandsreise.
Wo man recht viel bekommt zu sehen,
brauchst nachher nicht zur Arbeit gehen,
kannst zu Hause dann ja ruhn,
hast ja als Rentner nichts zu tun.

Geh, fahr doch mal ins Reisebüro,
um zu erfragen, wann, wie und wo.
Noch oft mußt diesen Weg er gehen,
bis er die richtige Reise konnte erstehen.

Die Reisetasche schaffte ihn gar sehr,
die Koffer waren viel zu schwer.
Es gab ja dort sehr viel zu sehen,
man ließ sich ja auch nichts entgehen.
Zu Hause tat er sich dann ruhn.
Als Rentner wird er nichts mehr tun.

Die Tage kamen, die viel zu langen,
mit ihnen kamen die Gedanken.
Das Leben müsste ihm noch was geben
und endlich tat er sich bequemen.
Man kann ja noch so vieles tun!
Nur ab und zu sollt man auch ruhn!

Ingeborg Kempf

Gedanken zur Geburtstagsfeier

Mein Geburtstag ist in Sicht,
was mich leider auch bedrückt.
Möchte mich bei all den Gratulanten
kulinarisch auch bedanken.

Ja was biete ich ihnen an?
Etwas, das ich gut zubereiten kann.
Es soll schon etwas Besonderes sein,
einfallsreich und ergötzlich sein.

Der Tag selbst –
Eine Herausforderung.
Man trifft die letzte Vorbereitung!
Die ersten Gratulanten melden sich,
per Telefon, versteht sich!

So trabt man zwischen
Vorbereitung und Telefon,
und die Zeit,
sie läuft davon!

Nun schnell noch angekleidet –
Geschafft!
Alsbald erscheint der erste Gast.
Wie erwartet,
man ist erfreut ob der Geschenke
und der guten Wünsche und
widmet sich der Blumengebinde.

Weitere Gäste treffen ein,
alle werden aufmerksam bewirtet sein.
Doch dann wieder ein Gratulant
per Telefon,
die Gäste unterrichtet man davon.

Es vergehen die Stunden in
geselliger Runde,
mit Essen, Trinken, Lachen
und Späße machen.
Aber auch mit Plaudern,
Erinnerungen – Bedauern,
was war, was ist, was werden mag.
Fürwahr – ein denkwürdiger Tag.

Ingeborg Kempf

Betrachtungen

Der Mensch,
dem es gegeben ist,
zu denken,
nützt die Welt aus
und zerstört sie

und sich – mangels Ehrfurcht.

Der Mensch ist nicht in der Lage,
die in die Tat umgesetzten
Erkenntnisse der Wissenschaft
in ihren Auswirkungen für das Ganze
auch nur zu erahnen.

Ingeborg Kempf

Mein Balin

Ick bin een Baliner,
ick kann nich dafür,
ick wurd da jeboren
und nu steh ick hier.

Doch immer mal wieder
zieht's mich dahin
und ick kriech so'ne Sehnsucht
nach meinem Balin.

Und ick loof durch de Straßen,
vorbei an Jeschäften
und kieke nach altbekannten Ecken
und Plätzen,
und det mußte ma glooben –
ick hab mir tatsächlich valofen.

Na, ick frage da Enen,
der tut grad wat vakofen.

„Wat will'ste wissen, wat suchste hier?"
„Ach weeste" sach ick, ick stamm ja von hier,
Balin, wat haste vaändert dir.

Druff meent der janz trocken,
„ach wat denn, du ooch!?
Herrgottnee denk ick, da is ja ener,
der hat det Herz auf der Zunge noch.

Und der ruft ma noch zu:
„Wart man een bisken, det kriegen wa gleich!"
Doch uff eenmal
war mir det alles janz gleich.

Ick kriege ums Herze so'n warmet Jefühl
und steh janz vasonnen mang det Jewühl.

Und könnte vor lauta Glück weenen!
Ick hab jefunden, wat ick gesucht,
in dem Eenen!
Ja, siehste, det is mein Balin!

Diese Zeilen sind von olle Icke, also von mir:
Deiner Mutter *Ingeborg Kempf*
(geschrieben für ihre Kinder - Teltow, 25.02.2006)

Der Baum

Im kleinen Garten einer Stadt steht ein
schöner großer Baum.
Viele Menschen gehen vorbei,
doch sieht kaum einer ihn bewußt.

Wer hat ihn gepflanzt?

Kam er als Samen geflogen,
vom Winde getragen?
Hat ihn ein Vogel verloren,
der ihn als Nahrung nahm?

Er faßte Fuß, trieb Wurzeln
und wurde ein schöner großer Baum.
Wer weiß, vor vielen Jahrzehnten schon?
Fest steht er auf seinem Platz.

Er kann nicht fort. –

Er spendet uns Schatten,
trägt Blüten und Früchte,
bietet den Vögeln einen
Nistplatz und Nahrung,
uns Menschen einen
schönen Anblick und
dient uns mit gesunder Luft.

Es hebe keiner eine Axt,
aus welchem Grund auch immer.
Auch er wird einmal vergehen,
wie alles Leben auf dieser Welt.
Doch seines Gleichen wird
weiter bestehen.

Ingeborg Kempf

Vollkommen – Unvollkommen

Frag einen Mann: „Was ist die Frau?".
Die Antwort lautet etwa so:
„Die Frau, sie ist ein Mensch wie er –,
doch er, er ist vollkommener".

Ich sag:

„Die Frau, sie ist ein Mensch,
der weint und lacht,
der arbeitet und schafft,
der Liebe gibt und Liebe braucht,
der Fehler hat und Fehler macht
und eben unvollkommen ist wie er,

Der Mann".

Ingeborg Kempf

Bouletten zu vakoofen

Bouletten zu vakoofen!
3 Groschen det Stück,
Jugenderinnerung gibt's gratis mit!

Wat willste? – meckern?
Mensch tu dir bloß nich bekleckern,
die loofen doch nich nach Karlshost zurück,
drum kosten se och nur 3 Groschen det Stück.

Nischt is von wegen Brr und Hottehü,
die sind von's Rind und Schweinevieh!

Ingeborg Kempf

An die Zerstörer

Den Rowdies hier im Land
fehlt es deutlich an Verstand.
Denn es wird nun mal nichts besser,
wird man dreister, brutaler, kesser
und zerstört alles nun.
Das hat mit Protest gar nichts zu tun.
Das Geld, das man für euch gedacht,
braucht man jetzt für das,
was ihr kaputt gemacht!

Gela, 10.09.1996

Erkenntnis im Alter

Ein bißchen ist besser als gar nichts.
Ein wenig wirkt meistens als mehr.
Drum lerne dich heute bescheiden,
fällt es dir auch noch so schwer.

Ein bißchen ist besser als gar nichts.
Begehre nicht häufig zu viel.
Greife nicht nach den Sternen.
Sage nicht ständig: „Ich will!"

Ein bißchen ist besser als gar nichts.
Träume sind meist Utopie.
Willst du immer gleich alles,
packst du das Leben nie.

Gela, 25.01.2003

Schande des Christentums

- Ausrottung vieler Völkerstämme bei der Christianisierung Europas

- Hexenverbrennung unschuldiger Menschen im Mittelalter

- Verwüstung halb Europas im 30jährigen Krieg

- Mithilfe bei der Versklavung der Menschen in Afrika

- Ausrottung der Indianer in Nordamerika

- Segnung der Waffen in den Weltkriegen

- Stillhalten bei der Judenverfolgung

Keiner der Päpste bereut es.
Und alles im Namen des Kreuzes!

Gela, 1995

Leitfaden für das Leben

6 Wörter begleiten mich den ganzen Tag:
Ich kann, ich will, ich soll,
ich darf, ich muß, ich mag.

Diese Worte kann man auch als
Leitfaden für unser Leben nehmen.

Ich **kann** den Beruf ergreifen,
der mich ausfüllt.

Ich **will** daran denken,
daß ich stets lernen muß.

Ich **soll** auch fröhlich sein
nach der Arbeit und im Alter.

Ich **darf** mitarbeiten, mitdenken
und meine Meinung sagen.

Ich **muß** immer die Wahrheit lieben
und gerecht sein.

Ich **mag** die Kunst und die Natur.

Gela, 1971

Die Todsünden

Dein Herz sei frei von Geiz und Neid
und von zu großer Eitelkeit.

Lasse ab von deinem Zorn.
Nimm Kleinigkeiten nicht auf's Korn.

Auch Wollust und die Völlerei
seien dir ganz einerlei.

Gib dich nicht der Trägheit hin,
sie schadet nur, hat keinen Sinn.

Wenn du das tust in deinem Leben,
so wird es dir viel Gutes geben.

Gela, 30.06.2014

Gedanken zum Christentum

Es war einmal in Betlehem,
ein Knabe ward geboren.
Als er erwachsen war und Gutes tat,
hat man ihn zum Retter auserkoren.

Er zog durch das Land und predigte
dem Volk eine neue Lehre
vom Helfen, Frieden, Gerechtigkeit.
Daß Heil im Himmel wäre.

Er war ein Rebell für die Menschlichkeit.
Das störte die Priester und Mächtigen.
Sie ließen ihn foltern und töten am Kreuz.
Man brauchte ihn nur zu verdächtigen.

Seine Lehre wurde stark und groß,
beherrschte die halbe Welt.
Doch den Aposteln auf dem Heiligen Stuhl
ging es bald nur um Macht und Geld.

In Christus' Namen wurde jahrhundertelang
geraubt und ganze Völker vernichtet.
Man hat nicht den Himmel, sondern
ein Jammertal auf dieser Welt errichtet.

Die Menschen sollten sich jetzt
auf die reine Lehre Christi besinnen.
Sonst werden die Völker durch Haß und Krieg
dem Untergang nicht entrinnen.

Gela, 25.12.1995

Kurze Weisheiten
„Scheibchenweise"

Laß Pralinen, Wurst und Schinken,
diese machen dich nur dick.
Wenig Korn sollst du auch trinken.
Einen „Fettkloß" findet keiner schick!

Gela, 2005

Wünsche allein führen nicht zum Ziel.
Man muss etwas dafür tun!
Sei dankbar und nimm dein Schicksal an!
Wer etwas liebt,
der kämpft darum!

Gela, 2005

Aus Erfahrungen klug werden
heißt für mich nicht,
ein Kriecher zu sein.

Gela, 2005

Aufruf an die Bürger Teltows

Wir wandern so gerne
hinaus in die Ferne.
Wir alle – jung und alt,
geh'n gern in den Wald.
Doch groß ist unser Schreck.
Im Wald, dort liegt Dreck.
Herr Meier hat Dosen
und auch alte Hosen,
Flaschen und Schrott,
manch' löchrigen Pott
bei Nacht abgeladen.
Zu unserem Schaden.
Herr Meier hat keine Zeit.
Die Müllabnahme ist zu weit!
Wir geh'n aus dem Wald
und schimpfen, daß es hallt.
„Hier kann man sich nicht erholen!

Den Schmutzfink sollte man versohlen!"
Haben wir immer dran gedacht
und unseren Müll zum Platz gebracht?
Auch unter uns, ob Schulze, Lehmann
oder Binder,
gibt es solche Umweltsünder!
Drum lieber Bürger, laß dir's sagen,
auch du kannst dazu mit beitragen,
daß unsre Stadt noch schöner wird,
daß man die Sauberkeit stets spürt!

Gela, 1975

Rentnerdasein

Mein Arbeitsleben war nicht heiter,
doch lebt man ja als Rentner weiter.
Ich nütz' jetzt meine freie Zeit
bei passender Gelegenheit.

Ich gehe nun zu Sport und Spiel,
zum Tanzen, Wandern, zu Arbeitskreisen,
wo ich Geist und Fitness kann beweisen.

Das macht mir Spaß, da kann man lachen
und sich auch noch nützlich machen.

So geht mein Leben sinnvoll dahin,
bis ich vielleicht 90 bin.
Dann komm' ich sicher in ein Heim
und kriege leck'ren Haferschleim.
Weiter will ich noch nicht denken
und mir den schlimmen Rest schenken.

Gela, 15.12.2014

Trau nicht – Trau dich

Trau nicht Menschen, die dich Freund(in) nennen und über andere Leute herziehen, denn sie können auch bei der nächsten Gelegenheit über dich schlecht sprechen!

Trau nicht Menschen, die dich nur kennen, wenn du ihnen nützlich bist!

Trau nicht Menschen, die ständig das Wort „Freiheit" im Munde führen und die „Gerechtigkeit" dabei vergessen!

Trau nicht Politikern, die eine „Willkommenskultur" für Asylbewerber bei der Bevölkerung anmahnen, aber keine Asylanten in ihrem Umfeld ansiedeln lassen!

Trau dich, die Wahrheit zu sagen,
auch wenn sie nicht erwünscht ist!

Trau dich, auf Menschen zuzugehen
und ihnen zu helfen!

Trau dich, auch mal „Nein" zu sagen!

Trau dich, in einer Versammlung mal
laut eine gegenteilige Meinung zu äußern!

Trau dich, zu essen, dich zu kleiden,
mit dem Geld umzugehen, wie du es willst!

Trau dich gegen „den Strom zu schwimmen"
und du selbst zu sein!

Gela, 09.01.2015

Tiere – unsere Hausgenossen

Wir lieben Tiere.
Sie sind unsere Gesellschafter.
Sie schützen uns.
Sie schenken uns Zuneigung.
Sie sind interessant.
Sie helfen uns.
Wir können von ihnen lernen.
Sie widersprechen nicht.
Lassen wir sie artgerecht leben.

Gela, 2014

Frühling - Dichte bei

Im Frühjahr der Raps an vielen Alleen,
die Bäume im Sommer ein Schattendach.
Vogelgezwitscher an den vielen Seen –
Ach Berlin – wat biste doch scheen.

Sabernak, 2015

Mitten mang und Dichte bei

Grad noch auf der AVUS,
dann runter vom Gas,
ganz nah an Berlin –
und hier leuchtet das Gras.

Es blühen die Blumen,
es raschelt der Klee,
es wiegt sich der Mohn
an der Chaussee.

Am Rastplatz die Pause –
hier atmet man frei.
Mittenmang ist zu Hause –
aber schön ist es auch – so ganz dichte bei.

Sabernak, 2015

Wat biste scheen

Es flüstern leise „Gute Nacht"
sich Hase, Fuchs und Reh.
Und wer das schon gesehen hat,
der kennt auch „jwd".

Wenn's wuselt, rennt und immer eilt,
auf Plätzen und die Straßen lang.
Und niemand hat ein wenig Zeit,
dann ist man „Mitten mang".

Im Straßencafé Pause machen,
bei Kuchen, Eis oder Wein.
Im Stadtgrün hört man Kinderlachen,
so fühlt man „Dichte bei".

Sabernak, 2015

Platz für Ihre Erinnerungen

Die Autoren:

GELA (Jahrgang 1943)

Hobbies: Theatergruppe, Wandern

Ingeborg Kempf (1915-2011),

auch Inge genannt, war ein „Berliner Stadtmädel". Sie sprach Englisch, Französisch und Latein und konnte natürlich „berlinern". Diese Fähigkeiten und ein ausgeprägtes technisches Verständnis halfen ihr durch alle Widrigkeiten des Lebens. Sie konnte ihren Kindern viele technische Dinge erklären, bei Mathematik oder Physik helfen und musizierte gern.
Mit ihrem Ehemann und 4 Kindern bewirtschaftete sie gepachtetes Land und auch hier bewies sie, dass zupacken kann. Sie kochte gut und als die Zeiten besser wurden, auch gern.

Bis zu ihrem 94. Lebensjahr spielte Ingeborg Kempf sehr harmonisch Ziehharmonika.
Meistens Volkslieder und am liebsten spielte sie Lieder aus dem „Alten Berlin".

Die Gedichte stammen aus dem Nachlass von Ingeborg Kempf und wurden freundlicherweise von Ihrem Sohn, Raymund Kempf, zur Veröffentlichung in diesem Buch zur Verfügung gestellt.

Carmen Sabernak (1958),

Schreibt am liebsten mit Blick auf das Meer oder auf ihrer Rosenbank im Familiengarten.

Die Fotografen:

Annette Ehrlich (Jahrgang 1966)

Annette Ehrlich, gebürtige Berlinerin, absolvierte ihre Ausbildung und erste Berufsjahre in der Pharmazie (PTA). Später war sie Angestellte bei einer Versicherung, bis sie sich als Maklerin selbstständig machte. Die Leidenschaft für die Fotografie teilt sie mit ihrer Tochter. Sie besuchten zusammen 3 Foto-Kurse an der HTW bei Gesine Born. Eine andere große Leidenschaft ist der 1. FC Union Berlin.

Josephin Ehrlich (Jahrgang 1988)

Josephin Ehrlich, geboren in Berlin, arbeitet nach ihrem BWL-Studium als Personalsachbearbeiterin. Sie teilt mit ihrer Mutter die Leidenschaft für die Fotografie. Gemeinsam besuchten sie 3 Foto-Kurse an der HTW bei Gesine Born.

Danke:

Ein ganz herzliches Dankeschön geht an Dich, meine liebe Nicole. Durch Deine Gestaltung sind unsere „Perlen"-Bücher so schön geworden, denn:

„Sprache wird durch Schrift erst schön."
(Erik Spiekermann)

Danke für die vielen ehrenamtlichen Stunden, die Du unserer AWO-Gruppe schenkst.

Herzlichst
Carmen

Bisher erschienen

Aus der Reihe „Perlen unserer Erinnerung"
sind bereits erschienen:

„Hannas Weihnachtsengel"
erschienen 2013 im BoD Verlag

ISBN: 9783732280414

Preis: 5,00 Euro

„Begegnungen im Leben"
erschienen 2013 im BoD Verlag

ISBN: 9783732280889

Preis: 5,00 Euro

„Verlust und Wiederfinden"
erschienen 2015 im BoD Verlag

ISBN: 9783734745812

Preis: 5,00 Euro

„Elli"
erschienen 2015 im BoD Verlag

ISBN: 9783734769276

Preis: 5,00 Euro